思・作

鄭啟明

匯智出版

一　目錄

從五月到七月
(From May to July)

4

碎語集

短句

16歲之後

一 序

一直問自己，為什麼要將這些塵封半世紀，亂七八糟的文字拿出來付印成書？是為了滿足自己的「作家慾」？還是想記錄少年時一段也許影響一生的思想和感情呢？

大約是 14 歲左右吧，在那個沒有電腦和手機的年代，唯一的樂趣是聽收音機和到圖書館借書看，徐志摩、台灣現代詩加上大量歐西流行曲促使我拿起筆(亂寫)。也許是少年強說愁，又或是對周遭人事物的敏感，苦無傾訴對象，便在日記內寫下自己的感覺，聊以抒懷。多年來都沒打算和別人分享，不過既然到了耳順之年，也不介意拿出來獻醜，博人一粲了！

當時，因為喜歡徐速的《心窗集》，便在字典中找了個冷僻的「怫」字，將詩集命名為「心怫集」。其實，何怫之有呢！因受電影《天涯何處覓知音》

(*The Heart is a Lonely Hunter*) 的影響，也曾想過叫「覓」！後來又想用「思‧寫」作書名，但因為恐怕「施捨」有負面意思，最後便改成為「思‧作」了。

感謝有興趣看這本書的朋友，這些詩談不上什麼技巧，只是真實反映當時所思所感，如果你肯花點耐性包容細讀，或者你會了解這個「曾經的我」怎樣變成「今日的我」！另外，書中也收錄了幾首 16 歲以後到近年的作品，作為紀錄。(溫馨提示：詩集的編排是按創作時間順序排列，如果你不想看太多少年夢囈，建議你先從尾讀起！)

謝謝編輯羅國洪兄、設計師 Carmen 和老友許迪鏘兄為詩集提供了不少寶貴意見和幫忙。

感謝一直愛我的母親、Kitty 和姐姐！

鄭啟明

心佛集

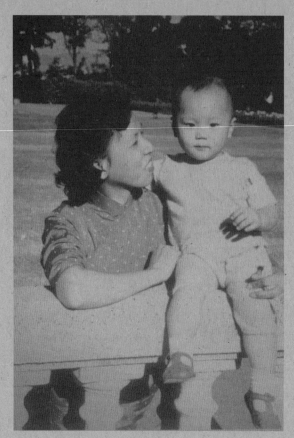

母親和我

14 歲和 16 歲

獻詞

自在的在空際雲遊
本不想驅散那綿密的影子
因那是美麗的影子，會被欣賞的
再也不能找到同樣的

假如，我是那影子
不屑低頭一顧，又豈料冬天的淒愴
寒冷的感覺，無從掩飾
再也不能找到同樣的

假如，晨光的披露和露珠的凝結，是悲傷
的前奏曲
我願孤注一擲，也許
一點點的是感覺，一線的是理智
交織成一幅美麗的幻景
再也不能找到同樣的

假如，我是那藝人
我絕不佔有我的影子，但影子是沒有感覺的
倘若影子佔有了我，我只是行屍走肉，沒有感覺
再也不能找到同樣的

心怫

在那時光的歷程中
我們不覺地……
失敗了

（一）
也許這是奇妙，太不可令人相信
也許這是奇妙的事，失去光彩的白雲，欠缺剛毅的向日葵
欠缺一切的是我，絕不奇妙，但很可怕
幻景還在，心中不知怎地感覺，碎了

（二）
我漫步在幽谷中，我的朋友—我的香草，還散着它迷人的香味
薄霧輕散，微風撲面，青草，蒼木
人生？我不相信
我從來瞧不起這一陣風，它擠入寒流，並不可貴，更顯得渺小
我漫步在灘頭，金黃的夕陽映着紫藍交織的眼淚
我找到小艇，在海中划着，失落地划向西方，和太陽競爭
它比我先到，但勝利的是我，因為它還要起來

（三）

我要完成一段容易的旅程

當我跟着靈魂走時，路途上，一切事物很美麗，藍彩閃耀

過了數天，靈魂跟着我走，事物開始自我隱蔽，紫色的河床已乾涸

當靈魂自由的走時，地是熱的，它昇華了

我孤獨的向前，尖石刺腳不覺痛

沙漠成了花園

本是毒蛇盤據的地方長滿了甘草

一切似乎美麗，我笑

黑色被沖得淡，像眼前的紗

（四）

玄妙，玄妙，老人發現我的生命

玄妙，玄妙，老人把我的生命撞擊，老人把我的生命輾碎

我玄妙的靈魂仍在

那斑白鬢鬢，路軌皺紋的他遺棄我

我把生命的碎片撿起，嵌成一個我

追前問他

答案是：「玄妙，玄妙」
藍色的追想染着透明的疑惑

（五）
我把月亮染成紅色
我揮拳憤怒地擊碎它
我奇怪，棺材似的蠟燭，墓碑型的玫瑰
深灰的眼睛，僅露着極暗的光線
我倆坐在燭前，微光一閃，她忽然變成洪水猛獸
我既不驚惶，也不緊張
我吹熄蠟燭，一切死靜了

（六）
我曾經讚美
讚美這春天
春天是值得讚美的，白漫漫的雲霧，藍得發亮的花朵
帶着惆悵的回憶
我還是讚美

沒有恐嚇和威逼，只因惆悵是我的
昨日的地方，昨日的青草，昨日的翠嶼
今日的心情
我望着她，似乎有事要說
但她沒有說
只因我面上的惆悵
是她心裏的輕鬆
我心中的悲哀，卻是她面上的歡樂
殘破如我，帶着殘破的靈魂
還能祈求什麼

1972.7 _____

一

寒
冰

夏日之風，使我墮入玄妙中
那些天氣，正是情懷重現的好時光
明天就沒有了，永不再來
在人叢中，你我走向相反的方向

（一）
失落，恐怖的失落
像鬼怪般恐嚇我，我躲進籠
痛苦，寒冷的痛苦，凍結我的心，籠把我和明天隔絕了
只有在冰影中的悲歡離合，帶着無情的回憶
壓在我身上
沉淪在回憶中，成為回憶的奴隸

（二）
我曾經見到我的影子，我想抓它，保留它
但隨着日子的衝擊，和燈光的轉弱
它開始渙散，直至消失
我曾經走到一個不可預測的世界

20

既不知身處何處，也無從捉摸
在一剎那間忘記了恐懼
悲傷的我，赫然找到我的影子
但這些日子，稍縱即逝
冰結後所感到的只有莫名的悵惘

（三）
我和死神並不友善，卻很有緣
我憧憬着他，他迎接着我，我似乎有所留戀
但像催眠般浮沉在情感的奔流中的我，如何把握那迷糊的影像
他唱一個悠長、哀怨、如泣如訴的調子，又挑起我內心的隱痛
逍遙，該是我生命中罕見的，可是作惡的魔鬼
卻狠毒的將那些新鮮的影像，點滴在我眼前，擠出我的眼淚
我突然平靜下來，死一般的冷靜，刺激着我
這可怕的冷靜和黑暗，使我掙扎起來戰鬥
但經死神剝奪後，剩下的只有顫抖，顫抖……

1972.11 ＿＿＿＿＿＿＿

沉淪

那節奏實在美妙，但這不過是開始
那約會還未開始，已多人離去
如情緒剛起，又下來了
昨日……我支持不了……

（一）
一瞬間的逍遙，竟會帶來無窮的惆悵，
那是既深奧又神秘的
我把往事刻在石上，風雨總是把最值得留戀那部分洗退
這是沉淪的演繹，冰結的昇華？
在那珊瑚枝圍繞着的領域，是個樂園
時光既能倒流，人物的情懷也能重現
但這畢竟是個樂園

（二）
我把朋友的容寵形成虛擬的期望
要強逼別人重生往日的情懷

強佔別人的現在作為自己開啟古舊回憶的鑰匙
為的是怕聽道別
原來，該說的已說了
該做的也做了
所欠的就是一聲道別
長空中尖刻的劃破，珍重的飄灑
如同我無願的必須

（三）
在那些潮濕的煙霞中，兩人走在街上，
有着安穩和珍惜的感覺
但從不想到那是永不復返的情懷
稀薄的水氣，微弱的燈光，那理會是晨昏或朝夕
唯有着只供回憶和追想的情懷，微笑固然純真，
嘆息也毫無虛假
既失去外界的存在，亦無孤獨的感覺
喜樂和哀傷也毫無保留，每一句話都是那麼自然

兩人也曾站在欄旁，咀嚼着清晨，
夢境似的分明、模糊，消隱
見到郭外的山色，我向她微笑，換來同樣的默契
今天重回故地，又豈料只有黯黯的沉思，分明的徬徨

1972.12.12 ＿＿＿＿＿＿＿＿

24

一　長街

長街中的我，是蕭索，不沾一點淚痕
原來我曾經來過

我靜立街上
千萬對方形的眼
流着不完的淚，如廣角鏡
由焦點散開，色彩消失了
只餘黑白的空影

那只是個黯然
遠處是昨日的餘煙
未散
但總會散的

我又把距離拉得更遠
還未到它的盡處
看見斜陽
也看見和街一般長的──影子

並非如何的絕妙
也許有人叫我走開，我不管
聽膩的是雜響
我願從雜響中找出清新的樂調
如同墓墟間的唯一香草

我猶豫，卻不懷疑
晦澀的畫面
出現了翠綠的一片
如同點的無聲
只為一個我

我匆匆走出長街，上了巴士……

1973.3.24

後悔（一）

太遲了
在街上碰見熟悉的人
我失去以往的神氣
只是思潮的接觸，結下了留戀
人來人往，像循環，如我預料
我更失望了
我不是盲的，我不是聾的，我不是跛的
我不是……
我狂叫，無人理會
我微笑，如同地獄的呼喚

1973.3.23 _____

28

後悔（二）

（一）

他，一切已埋葬了

死，他不介意

淚，他比其他人流得多

日影下，長巷中

朋友，與他熟悉的

向不同的方向走去

他在其中

紙醉金迷，保齡球場，人群中有他

那是空虛的

別人玩完了，他跟人走

為什麼他只跟人走

他所熟悉的

（二）

翡翠、珠寶，眼中的

他身處商場，嚮往繁華

他來了，他所熟悉的去了
他沒留意
但雪花已在他臉上
不容他祈求一個清麗的夏日
又走到更遠的地方
一切只是輕輕帶過，他希望

（三）
別人的說話他不聽
他的淚不一定在離別時才揮灑
美麗的地方
他重遊舊地，再沒有歡笑和埋怨……
他只是口渴

1973.2.24 ─────────────

色彩

我在藍光中飄浮
將要溺斃，無人施援
我知道的色彩沒有藍，只有綠
我不懂如何分解，實在的
我奔馳，終至摔倒
我恐慌，月亮比平時的大
我尖叫，引來一陣噪音
我喉嚨哽咽，說不出一句話
我只能描繪洛磯山的形象
有人歡呼，我奇怪
我取出一塊畫板亂畫
突然頭腦清醒
狂奔出劇院
仰望天際仍掛着他的配角
是星，藍的

假如我放開一切
探求他的色彩
一定變得更冷
因我的心已吸取了一切熱
太陽失去其面孔
一切換來一切
回顧那乾枯的油彩
顏料剝落，爬蟲強佔
一切失去它的一切
色彩調合了

沒有色彩的東西，更自然的，水
清翠、純真、淡潔、雅致
還有更多，可惜它大不如前
尖呼無用
它已老去

他不用再說
替它換上新的色彩
既失其真，且見其假
我願請天下工匠來修補
畢竟原色已失

在這灰暗的世界裏
步伐更為輕鬆
諧劇剛完，再演一齣
時而復再，我不耐煩
計程車把我送至山頂，綠蔭蔽天
竟下雨，我停留車內

我搔頭，我趕往聚會
鐘聲剛響
我知遲到

索性不去，又感徬徨
回家似早
此虛幻人生中常見之事

我走進密室，室中有石桌
桌上有貓，有麵包
我趕走貓，檢視麵包
月影跟着我，擺脫不得
揮拳，足踢皆無用
一片雲救了我……

1973.3.25 _____

藍霧

每個人在自己的世界裏
嘆氣
每個人關在窗戶內
啜泣
陽光要窺覷他們的奧秘
風雨要騷亂他們的情緒
每個人在自己的世界外
嘆氣
為什麼總有人嘆氣
今天不是我說笑的日子
我看見美麗

1973.4.1 _____

迷
幻

（一）

別人選擇過的，我不要
我不理會別人
我恐懼，血流披面，假使一切有理
太意象化的我不習慣
我不會矯揉造作，我知道天氣很差
我恐懼，我不會狂叫
我大受打擊，啊——
哪裏去，嘆氣
我痛擊心頭，我急得要把眼珠挖下
不容我一刻的冷靜
腦袋中的千旋萬轉
是何等樣的激流，這是定理？

（二）

我步進酒吧
樂師仍奏着他熟悉的調子

我願把腦袋寄居於雲深處
別人的痛苦要我扛負，值得嗎？

（三）
我聲音沙啞，無人聽懂
我的視線不可調整得更遠了
日子就如此飛逝
我更奇怪
憂傷永不屬於某種人
果真如此？
我很累，不願睜開眼睛
我羨慕他們，實在的
羨慕得可怕⋯⋯
帶我走吧，孤寂是我唯一的伴侶

（四）
我曾經唱歌，公開的
有生首次

為什麼？
你知道的
你掩飾，你把理智控制感情
你忘卻一切
故此，來到路的盡頭
又是一面
你已不是你了……

1973.4.7 _____

一點滴

那是一個沒有色彩的石像
因為太陽的黯淡
光線的混濁
那石像漸漸崩潰
我假設它美好
我將會再失望

1973.4.12 ＿＿＿＿＿＿＿＿

骨中

（一）
我把全世界的鏡子打破
我封了所有人的口
不能禁止我了解自己的醜惡
別打我，我會走的
我震慄地把四周燈火熄滅
內心的烘然是我不能掩飾的
我面上發熱，相對的，我接觸的每樣都是冰冷
這一口酒，冰冷得焚毀我五臟六腑

（二）
也許在地底有美麗的堡壘
但我不是挖洞專家
我了解事物並不高明
籠中的報曉鳥說我沒有早晨
真的，我走到一日的盡頭，是另一個早晨
時而復在，我不能找到一個周圍
只因我周圍已徒然

（三）
我對黃昏毫無依戀
她不能抓緊我，正如我不能抓緊她
有人告訴我
她走了
似乎是合理的
千迴百折，不外如是

（四）
夜靜，我蹓躂至發慌
建築物逐漸的高
街變得更長
雲比平時大了很多倍
我發覺，我是那樣地
正渺小着

（五）

我嘶叫

孤注一擲的，輸了

我躺倒，皮肉乾枯裏

只有那藍色的條理的意象

再也不能找到同樣的

（六）

風吼着

比平日的怒

也比平時的刺骨

刀箭於我並不能挑起情感的一線

只是包圍我理智的精粹

1973.4.13 _____

一 也許

浪很大
風很烈
也許這是我的習慣
把自己的感情和別人的理智接觸
是我失敗的原因
太多了，我記不清楚
陽光曾經為我引路
我走向相反的方向

1973.4.16 ＿＿＿＿＿＿＿

琴鍵

（一）
如同把顏料滴在水裏
慢慢的，化開去
一響的樂調，卻不願散開
那是一對
我是一個
眼眶中似見兩人在動
是那樣模糊
這是個玩意

（二）
是六時半，清晨
她披着淚痕和雨衣
眼前沒有任何物件
展翅一樣的翱翔
啊，她驚叫
似乎從未看過這圖畫

（三）
她凝視杯內冰冷的雲彩
她痛恨假期
她遇到的煩惱總在假期
樂手在奏她熟悉的樂調
她知道，是夜
她晶瑩的，似乎蒙上一層色彩

（四）
樂調轉急，如小鳥之滑過田野
雨點是那樣的小
透明的
她攜着雨具，更覺清麗
我上前祝賀：生日快樂
一塊很硬的棉被從高處擲下
正中我的耳朵：「已過了」
跟着是一輪陌生的掃射

（五）
我坐在沙灘上，挖洞
把腳藏入，很深
再埋沒它，直至我不能提起
像一塊巨型的鮮藍枱布
沒有一隻船足以點綴

（六）
是那樣的慢，很遠
她站在那裏，一切安靜
蒲公英不敢稍動
直至我開口
一段過場的交代，很絕對的

（七）
使人沉溺的雙簧管聲音
不是這琴的對手
更非回憶的客人
只是夜幕的號角

（八）
三分鐘的突破
再來一次，二重奏
麥場的小麥，對我微笑
我步過麥場，正往沙地
穿過山嶺
直至太陽的熄滅

1973.4.15 ＿＿＿＿＿＿＿

不過

我在樹下撿起一些東西
是一塊樹葉
有着往日兩人同遊的蹤跡
是那樣青翠
我在樹幹找到些東西
是我們的痕跡
是她離去前留下的痕跡
我何時才能知道
但知道也是枉然
時光早把它洗退
很明顯她等候的人是我不熟悉的
不過，我也曾是等候者
只因我並不熟悉自己

1973.4.17

48

虛線

（一）
我熟悉的人
有她走路的姿態
也有她說話的神采
我並不注意這些
我只看着
但外界侵入了兩人的天地
她走了，世界還是那樣
藍彩在眼前閃耀
我在湖中划着小艇
太陽也走了
景物靠攏在一起
我看見樹影

（二）
我找到一個鼓
沒有皮的

需要高度技巧才可把它修好
為何被破壞的東西總比被建設的多
那是一個石像
那樣的冷
我刻的，她！

1973.4.17 _____

綠野

那天、那處、我和她
默默無言
等候着，四周是那樣的黯淡
突然
往事飄灑在我們眼前
我站起來，踏在青草上
風吹着，葉影在她臉上舞動
似乎是初次見面
也似乎有很多話要說
沉默了很久
只有樹枝、風、水的聲音
也許會不明白
也許我曾經做錯
此時此地
一切也許回復舊觀
但
從她臉上的神色

我知道我們見面的日子
只會在過去，或當時
我走了，依然是很靜
我對周圍環顧一次
一切依然
她臉上，還是那樣的表露出自負
我走得很遠，直至我出了她視線所及
這就是日子

1973.4.19 ＿＿＿＿＿＿＿＿

掩飾

趁我還相信
快重複你美麗的謊言
趁我還認為有美麗結果
快把蹤跡印在我心上

當時，若我能表示
一切將改觀
一切將更美妙
那實在是一闋好曲

我細數星星
為她，為要壓抑我心中的悲傷
和腦海的晦澀
徒然，我望見青色的雲彩
節奏輕鬆，當她患上失憶症
二重印象，交替映現
我看見她，和我

我在車上往外眺
仙女似的藍衣小鳥和鬱綠的流水
構成絕妙的圖畫
那似乎是絕對
回來吧，那裏波濤洶湧
我再不見她的影子

趁我還記得
快來和我說話
我的沉默
只因你抹煞了每一片雲彩

1973.4.28 _____

54

一 淚的結晶

我獨步園中
陽光描繪我的輪廓
也編織了我的影子
卻照耀不到靈魂深處

問誰？這世界原是這般
你見到的，惆悵
一切加於我太不公
我們總有重逢的一天
你將如何交代
你了解，送我靈藥
治我失憶症
為何你不先自醫

為誰？這世界原是這般
每一滴，我的眼淚
滴下夢影，結成殘破
擴散

我撿起靈感
撥開雲彩，今夜

又問誰？美妙
夢影般的虛幻
放射着柔弱的，淡淡的藍彩
在我眼前晃蕩
失憶症的藥方？不
她的把戲

怪誰？
世界原是這般
只怪我，嘆不逢時
走了，我再嘆氣

我仍嘆氣

1973.5.4 _____

默禱

那些我們一起的日子
已成抽象的，只供追憶的快樂
我曾經害怕
今天也是的
日子的重現
是幻覺

似乎，我所做的都是錯事
你從不給我機會
而我又堅信你會的
又豈料你遺忘一切

那是九月，下雨天
我們談論着時裝
你我心中始有對方存在
雨點中，是日子
星期一，惆悵

似乎是必然的組合
是我每個下雨天的沉默

你曾經說過
我深深牢記
我們所做的，是誰的責任
我的沉默
未盡是追想
也許是茫然

七月，石澗旁
我聽了那曲，你早已請求
我以為那是絕妙的安排
你忽視它
太陽取笑你
他們對我的陌生更甚於寂寞
我只求，你的微笑

在陌生的地方，我嘔吐大作
陌生的路客投射着煩厭的目光
我又想起你
靈魂深處全然迎接你

歲月以它千斤之量加於我
我掙扎之餘，只好求你
那時已不容我考慮
我的脖子還是硬的
我用我殘餘的
枯燥的口音
作最後的默禱

1973.5.5 _____

一 從五月到七月

From
May
to
July

從電影認識人生

歐西流行曲——
創作靈感來源

最愛的作家

一 過剩

當你的生命更有意義時
你毫不猶豫的向前衝
沒有一刻的考慮
儘管我們盼望你的寧靜
你只有加鞭

有一天你問我那問題
我表達我的經驗
加上我的意念
使你狐疑起來
這又豈是我的原意？

你永遠不會明白
你會來找我
我向你招手
然後
走到一個不可預測的世界

眼前是冰結的湖面，鬱綠的靜止
耳邊是沉重的琴聲
隨手找張意大利圓椅坐下
看你在湖面玩你的玩意

當我回到塵世
雨是那樣的冷，卻是粉紅的
夜聲，正是曲終

1973.5.6 _____

日子

當我學飛時
我並不希望能上雲端
也絕不估計自己的能力
更不知會有喪失能力的一天
我只想離開

那是一個沉默的聖誕
夕陽從簾幕的罅隙跳出來
那紅球和玩具小熊，份外鮮明
雖則積上灰塵，卻是唯一的點綴
我恐懼四周的空洞
西班牙式藤椅
和那如煙的盟誓

那個閣子，有極窄的窗
很暗的燈，侷促的床
几前有書，我躺在床呻吟

它經過
急速，無從把握
我到極涼的工廠區的夜
呼出一口三十年代的廢氣

不停的步伐
與老莊商韓相映成趣
很悲涼
也靜得離奇
咀嚼着每一句客套
希望有所發現
藍與綠是我心中的調和
妒忌？
不，侵蝕

我貼住牆，這十六層高樓
向上望，窗戶似打字鍵盤

沿樓梯上
希望把昨天的夢充實
我突然想到
兩年前的今日和去年這日
刻着同一回憶

1973.5.27 ＿＿＿＿＿＿＿＿

一 哭吧（哀傷的蹤跡）

哭吧
不哭是浪費你的眼淚
不哭是你封閉了自己的心
一絲絲的憤恨
一縷縷的憂怨
你能受多少？

哭吧
你不哭使他失望
他做的一切原來要你哭
不哭並不表示你堅強
只是麻木的自嘲
也許這哀傷的蹤跡
在某年某地會重見

1973.6.10 _____

一
毒
藥

夜，不再是夜
一切聲音，刺骨的
你仍可作一切玩意，當你尚未感到羞恥
你應該的
你會埋怨，但若你不開窗惡魔又豈會騷擾你

窗外
有一隻斷線的風箏
你失望地注視着這一隻無處可容的風箏
一切再次回復本來的面目
你該接受這公平審判

初見裁判者
你驚怕得要把這世界再造
風很烈，有一位青年路過
他唾罵你，你無地自容
今天你該明白

我從來不給你解釋的原因

夜已不再是夜
當你已被判下了極刑，這才是個造化

1973.6.13 ＿＿＿＿＿＿＿

仲夏夜

在生命中永遠沒有重現的昨天
儘管你抹煞過去的每一刻
但你已無言的爬過
你咒罵，日子推你進窮巷

無言的黑幕籠罩着天地
這惡毒的鈴聲，看似美妙
你疑惑
這是個奇蹟
你從來不留戀仲夏夜

牆上的人像是誰繪的
他能改造社會、世界、永恆
畫，使我沉思
又一度默然
眼裏沒有唬人的神采
這種境界

正是每一個仲夏夜五弦琴所奏的名曲
它帶給你
沉思，情緒低落
細意傾聽
必有發現
你可找到藏匿的地方
去冷泉享受一個異樣的仲夏夜

藍水晶，海面初升之月
我感到煩厭
這就是黑幕，來吧
六月
我在此，再抹煞過去一切美麗

1973.6.22 ＿＿＿＿＿＿＿

一 我們之間

我看見牆
我看很多東西
我忘記開始的滋味
似乎這只適合你
告訴我關於我所擁有的
你的默然是我的悲哀
我在木馬上狂搖
搖出荒唐，也搖得靈感
我希望的比它能支撐的更高
它抵受不了這樣的角度
我沒有其他事可做
黃昏很美，早晨也很美
難下判語
因他們都不屬於我
遊戲已終
你勿再徘徊

傷感如我
也拂袖而去
去吧，等到那符號告訴你
這是另一種境界
但畢竟這事已完成了很久

1973.6.29 _____

黃夏

（一）
很久以前
我嘗試幹那苦差
不計較收穫
當我沉醉於工作
我漸感收成之可貴
但畢竟是渺茫，這事幹了很久
別人勸我
日子騷擾我
我終於放棄了
當作從未接觸此事
何況
日子已隨着窗外的雨點逝去

（二）
這是一段頗為恐怖的回憶
我不忍將它公開
又不忿藏在心中

多次考慮
才感到愚昧
我後悔
我忘記那葉影
她的影子卻在眼前晃動
那又是另一種情懷

（三）
我看見那草地被一片淡黃色籠罩
這黃夏葉子的黃
即使一小撮愚昧也美化得毫不察覺
在這浪花飛濺的小澗
我倆度過這一向難過的日子
不止一次
我唱我的，你唱你的
你所做的拒絕我干預
我奇怪我怎會在這地

（四）
我疲倦時想起你
但已是很久的事
籠中鳥已飛遠
顫動，很慢的
停下
我伏案，想起
夏天原是這麼有趣
我為何不去創造更多

1973.7.1 ＿＿＿＿＿＿

舞影

（一）
我為自己創造了好幾個預料
很久以前，日子還沒有到
我忽然敏感起來，對他們作別
為明天作此賭注
不管他們生死
這是我一瞬的靈感

（二）
別人對我說，你說話太多
你不應把自己靈魂深處的藏污納垢也刮出來讓人反感
我默然
我的嘴巴不停在動
姿態很美，有節奏地
但不知為何

（三）
那是很瀟灑的瞥見，這一刻的接觸
在我眼中是舞影，腦海中迅速收到的訊號

我手舞足蹈
成為別人取笑的對象
誰知道這是一齣各不知道對方舞藝的大衝突
深深的，沉沉的
台上沒有我和你
但我和你都感覺到這一飄
那一躍
如同天空淡紫的死靜
正刻着一道濃麗的虹彩
千般的姿態，萬種的情懷
正待她舞伴的烘托

1973.7.2 ＿＿＿＿＿＿＿＿

一 昨天的我

那可算是日子
很難得的日子
我等候她時
恐怕浪費每一秒
所以我表現得急速
那地被雨洗得份外鮮明
別人說着昨天的話
挑起我每一個昨天的嘆息

我們對那印象並不煩厭
我肯定
明天仍不會太迷惘
亂石縱錯，更顯得水流的迂迴
我並沒偏愛那草地
故我立足澗上，涼意滲人
那飛逝的澗水不待騷人墨客為我描繪
靈感對這聲音特別敏感

82

四周很靜，原是這樣的
終於我說話
也許是這日子唯一可說的話
但她默然
我在盼望
盼望一個更值得我盼望的日子
在七月七日某地
我和友人
與那飛逝的澗水
共奏一闋夏日之曲

1973.7.6 ＿＿＿＿＿＿＿

一 碎語集

讀他的詩，唱他的歌

一七月七日某地

(一)
那是一闋很美麗的歌
她經常盼望能聽
她從來不打算這歌在這時這地唱出
她似乎對歌聲麻木
那澗流着的是逝水
流向那鬱綠的迷惘
那是我最心愛的歌曲
我希望一個有形體的聽者
我放了些不常見的珍品
我希冀着知音人

(二)
草帶着很重的水分
因為曾下雨
她走到森林的盡頭
因為曾流淚
那曲還唱着

87

昨天或今天
調更沉，聲更暗
昨夜
當我高唱此曲
似乎有人告訴我
它一定是很久以前
還是這日子
葉影，樹聲，也是這地方
我怎能把握這日子
澗水很急
但過了便是草原

（三）
歌繼續在唱
每一字是我受苦的泉源
它要我欺騙自己
它編織了悲傷的外殼
使我自願的披上

我的血，我的肉
誰告訴我的
我所知一切
是昨天的符號
我得到什麼
我得到什麼

（四）
這謊話不曾有人懷疑
直至更具不凡的
但缺乏一點昨天氣息的
出現了
這是誰的過失
又是誰的責任
那樹被風吹得移動
又有人進入這光得發藍的室中
幹那愚蠢的明日回憶
昨天，我該怎樣稱呼你

7 月 7 日似乎太單調
這不是很容易的遊戲
但卻和別的一般
終要完結
再見只是一句謊話
但，又能說什麼

（五）
幻象，是我的自由
是我逍遙的塑像
翡翠在上，水晶在下
這意象
該不太抽象
風，吹得起勁，卻沒有韻
沒有昨天
我再不能聽那歌聲
唱
為什麼

（六）

它確然消失了
在今天之前，前天之後
不容你作任何錯誤
你或是英雄
昨天，你是領導者
你太瀟灑
你不欲稍下工夫
光榮，逍遙
但，你可再做一切
昨天的韻教你煩惱
7 月 7 日那地方，我和你
去唱那永不停止的歌

1973.7.7 ＿＿＿＿＿＿＿

一 修飾

意象不是絕對的重要，它需要節奏的襯托及一些
修飾，表現只是一種過程。意象的形成以致表達，
並非那公式能規限的，意象的形成往往是一首作
品的精髓所在，能把握它不是一般人能做到的。

（一）
他很愛修飾
在那夢幻般的日子
他只是追求一個完美
但這不是溫暖的地方
那是一段廣植甘草的小徑
他愧對對甘草
又不捨回頭
這是一段晨曦的插曲

（二）
夜又是不同
那情調是混亂的

別人的行為，不是他能了解的
當他了解後
他便不能忍受這旋轉
深橙色的重節奏
他閉上眼
他想着，風雨是多麼的美
直至被黑所包圍
還有月暈
藍水晶的聲恐又一度擾亂他

（三）
他走的時候
眼裏是千萬個旋轉
他的世界是渾濁
他的行李是渺茫
他懷疑他應否走
但那是很瀟灑的影子

那是修飾，意象的表達教他對這修飾忽略，但當
他陷入這現實的侵蝕地帶，他應該忘了它。

1973.7.13 ＿＿＿＿＿＿＿＿

最後的昨日

我正在聽一闋很美麗的歌，這本是一闋平凡的歌，但十五個月前唱自你口中，顯得燦爛。這曲描寫風的譏笑，露的和響。昨天，我不會讚美，但我會畫一幅同樣意境的像。你要唱的，隨風而逝。我要說的，卻長留畫布上。你忘了的，可尋於畫上，我該明白，觀畫時聽歌是比釘在十字架還慘酷的極刑。

這幅畫掛在堂上，當藍夜籠罩大地，畫裏的青苔，滴下歲月的殘液，夜是藍的，海是黑的，我需要一位染色能手，把夜和海點綴些鮮艷。

那不平凡的歌也可能唱自另一人口中，雖然韻味全失，卻帶來另一種意境，這使我快樂，風的譏笑成為不重要的一部分，新生卻更鮮美的襯托着畫裏的鳳尾草和雛菊。

當兩人坐在幽谷中，投入大自然的懷抱時，其中一人讚歎宇宙，而另一人則注視他宇宙的擁有

者，當他倆的視線作第一次的接觸，似乎兩人面上都刻露着像疑惑的神色，這不是昨日，是明日。

　　下午的陽光是死寂的，血紅球在週日顯得寧靜……這像公式般轟炸他的腦袋，他呷一口凍茶凝視窗外的輕煙，他會問，這是昨日的？還是明日的？

1973.7.24 _____

一 短暫

樹曾經美麗，山曾經綠得耀眼
每一朵花盡其本分去繁殖
繁殖更多美麗的花朵
於是美好的一幕就展開了
在一陣輕煙出現之前
這是你我不能否認的事實
他們曾經充滿活力，孩子們會跑，會跳
在這一陣輕煙出現之前

在一個令人疲倦的下午
樂園出現了裂縫
輕煙自裂縫鑽出
如螺旋般擴散
籠罩了大地
花收斂了笑容
青草停下了步伐
一切只看着他，發愁

在太陽面前
紅霧掩飾着花朵流淚
甚至掩着太陽的視線和浪濤的嘴巴
它不斷的擴散、延展
於是所有步伐停下
我們看不見煙幕以外的美麗
我們看着他，發愁

草的生長是短暫的過渡
他們放棄了為自然調色的任務
放棄了葉綠素
他們的存在是枉然
啊，我看見煙
山的顏色是煙的顏色
啊，我看着煙
發愁
一度寂寞的美麗
是今天煙霧瀰漫的前身

風，只能在短暫中生存
雨，也懶得來到地上
我希冀着一支奇葩
放射她可人的香氣
驅逐這煙

我曾經微笑
也曾和友人共度美好的日子
輕躍草上
為什麼今天的我不能笑
不能輕躍草上
是煙，是這煙
這煙
我長久注視着
發愁
的煙

1973.7.27 ＿＿＿＿＿＿

空間

(一)

很靜的下午
在文學院大堂，沒有其他人
只有琴聲和那清瘦的影子
這個影子，曾經使他的形體心碎
風送着蒲公英，經過田陌
送到河邊
來到牧場，落在野駒身上
野駒扭動身軀，蒲公英和雲一樣被人忽略
像雲般垂在地的那角

(二)

很靜的傍晚
岸邊濺起的浪花
映着水晶藍的天幕
無可奈何的天
是他埋怨的對象
他懷疑
是否在過去

（三）
很靜的星夜
夢裏，鬼怪壓着他
騷擾他每一個善良的信念
直至他失去信心
甘受歲月的譏諷

（四）
很靜的過去
他正步向昨日
追尋一個失去的夢
很遠的空間
他追到一個迷惘
剛好盛了他在這些日子內留下的淚
然後他去到另一個空間
在她心靈的某處
消失了

1973.7.30 _____

對鏡

假如有一天晨早
我發覺鏡內的不是我
而是一個會哭的人
我將會是何等樣的喜悅
因為
從此我是一個會哭的人

很平凡的一天
我看到一女童被打
因為
不吉的話出自她口中
因此
她為自己會說話悲哀
千般的變幻在她臉上
終於停留在莫名的恐懼
下意識教我移動眼皮和放射淚水
十秒後的我驚覺竟不能哭
九百九十九次的自覺
便發誓不容第一千次的存在

我失敗
但沒有閉上眼
我尋求麻木的原因
我回到昨天，穿過少年
來到童真的某一天
我踏斃那懷孕的母鼠
當我從屍身發現鼠胎
眼淚即脫眶而下
迅即被羣小所嘲
我便不容稍縱的善良

今天，我凝視鏡內
懷疑會否有人因踏斃我而終生忍淚
突然
我擲鏡於地
擊中小鼠正被母鼠哺乳，未逃

1973.8.4 ＿＿＿＿＿＿＿

一 悲歌

當音樂奏起，四周寂靜，我開始傾訴，傾訴這些日子以來的鬱積，曾經自晨到夜，我體內每個感覺器官也被刺激，於是我狂奔，在這生的路上奔，似乎我要找出它的盡頭，這路曾經在兩牆間。

今天，兩牆不復見，代之是廣闊的無垠，沒有邊緣可以接觸，沒有籬笆，只有無垠，也看不到來的地方，在這無盡的穹蒼，我找不到一個和我體積相若的伴侶。天地，天地和我是懸殊的，我訴說無盡的話，它們從不反應，也不表示它是有耳朵的。

我繼續傾訴，配樂者極為高明，五弦撥動，而動而靜，自熱至冷，不聞一響，帶來遠處的印度羊來，淒厲，悲哀，隨着羊聲，延展更廣，直至大漠，不少人在這裏停下腳步，在路上停止灌溉，因境界太涼，無人能忍受。

四周寂靜，無人傾訴，配樂者與我互相凝視，這路原是造物者的傑作，大漠骨灰橫放，也是他的精品。曾經有人說：「人生下來即開始死亡！」配樂者時而若有所悟，繼而一陣未經造物者認可之世外之音。不錯，他已魂馳天外，故此曲變成絕響，而我從此失去良伴，更孤獨地在大漠前行，直至他玩耍完畢。

1973.8.22 ＿＿＿＿＿＿

我是一個狂夢者
曾經在夢中乘着彩虹
去採摘天邊的一顆殘星
那是秋夜
無邊的寂靜和日子的悄悄離去
使我煩躁

春夏的日子
風送着花香
也還不感到靜
我在這些境界
得到些什麼？
曾否為這生添了點光彩
燃點起生命和民族的火花？
不
我只聽着季候鳥的嘲笑

當我感到
半載在無聲中消逝

而我
還划着孤舟
在生命之流上徬徨
不應有點悲戚嗎

還有，這些日子來
我欠下的債
許下的諾言
實現了幾許
我歸咎心靈的冰結
如向日葵之凋謝
生命之光若隱還現

慾望是失落的前奏
一個明日的謊言
假如愛的火光真能融化我心
我將以何等樣的態度去充實
人間一切的失落

1973.8.24 ＿＿＿＿＿＿＿

面具

寂寞的日子在心窗之外
當我打開窗
我便看見他
他披上彩衣，帶着面具
向我打招呼
示意我隨他而去

我們去到很遠的地方
直至我無法尋回出路
他脫下彩衣
除下面具
和我相處

有些日子
我想離開他

但
他已和天地同化

我把眼睛弄盲
却不能阻止我哭……

1973.8.27 _____

一

蝴
蝶

十厘米的空間
也許還適合你的
但你需要的
是花
美麗的
可察覺的
而且你的活動範圍如此的大
也許是黃金遍地的向日葵
又或是一簇紫蘭
但你從不顧盼那
默默的草
它的衣裳會變的
花何嘗不是
也許有一天
你自蘭中飛出
不帶有衣裳

蒲公英向你微笑
可惜你鼻子向天
你生活在柔軟的無憂
曾否想過
風雨將摧毀你的寵物

我也愛飛
但十厘米的空間不適合我
我的寵物
將是
無色的花

1973.9.9 ＿＿＿＿＿＿＿

仲秋曲——傷逝

濃得化不開的秋
正伸手於我
我不須掙扎
也不去躲避
反正這是落葉的殘
也是心碎的殘

白雲帶煙的輕舞
像要喜樂一番
怎奈流淚的他硬要來湊興
哭吧
這細雨打在枝上
驅走了夏
也逐去了美

秋不是不美
到底是枯黃的葉

軟得要死的草
這日子
這日子
我不能睜開眼
也不願

造物安排
非我能改變的
這明明是秋
豈容你選擇
於是他繼續伸手於我
把我圍在濃秋中

1973.9.28 ＿＿＿＿＿＿

一
仲秋曲——琉璃夢

從你的面上
我看見了春和夏
也感覺到善與悲
每個段落間竟有這樣大的差異
每一個春都綺麗
每一個夏都鬱綠
這樣的美麗
好晶瑩

我該看到自己
在夢裏
還是昨天
昨天的愁
已被秋染紅了
片片數落
落下萬里江山
落下蘆花點點
秋之夢
很乾枯的

昨夜
夢裏如同未醉
還是舊時痕跡
點點滴滴
點盡人間歡樂
落花飛絮
落下江邊煙水

憑欄數日
方知浮生易逝
玉樓瑤殿照不住秋裏紅
還是昨夜
琉璃夢中才知是秋
好像冬早來了

1973.10.10 ＿＿＿＿＿

一笑

罪惡之神
是微笑的時候吧
不
是狂笑
是狂笑
因為一切的善已讓路給一切的惡
青年的意志
都像秋葉
飄下
飄下
賭博者精靈
傷逝者可恥
誰的論調？
眾人的論調

他們換玩着紙牌遊戲
人類將成為注碼

我
面對毒藥
突然清醒
為什麼我會清醒
這明明是毒藥
啊！他笑了

1973.10.18 ＿＿＿＿＿＿＿

殘秋小品——落葉圓舞曲

靜靜地坐在深夜中
榮辱得失暫且不理
瞥見繁星點點
這美麗幻景
使我疑是昨天
夏夜琴聲
不復
不復
我在今日與昨日之間老去

默默地坐在深夜中
落寞了地想着
我怎麼會欺騙自己
哦，不怪
那因為我毋須要求真我
真我死了

偽我在真我中再生
還很美麗
你不是曾說
虛偽的美便是醜
那只是一個曾經

兩人是神秘的
無窮盡的
銀河在我們其中
彩虹繞着我們
我倆共舞
摘下星星
投向月亮
在銀河中流着
蹓着
蹓到永恆

這不是我的世界
我的世界沒有落葉
也沒有日落
而我也不會靜靜的坐在深夜
等待死神的邀請

1973.11.7 _____

殘秋小品——你

除了你的不願意
還有什麼在我們之間呢
一度向遠處尋求一些神蹟
希冀着一些啟示
這疑問
難道真個毫無解決的方法？
無論你怎樣解釋這三百多天
畢竟已是一年
像今天的日子太多了
卻每個明天都是失望
究竟這世上
有沒有屬於你和我的東西

在兩個不同的世界裏
我和你，活着
不是我的過失
你偏要築牆
奈何

花開又謝了
恐怕
這希冀要結冰
而且不再溶化

1973.11.8 ＿＿＿＿＿＿＿＿

一 默默的小花

你是一朵花
我不是
我不曾遇見你
正如你不曾遇見我
你我相逢在靜靜的一夜

在這以前
我的世界裏沒有你
我不知道你是否有眼睛
也不知你能否走路
甚至
你究竟是否有生命呢
我不知道你有沒有朋友
也許你還有仇敵
但我不知道
我和你的陌生
只因你從不給我一點訊息
或不給我啟示
但我堅信你會

直至有一天，我遇見你
我驚訝你的沒有翅膀
也奇怪你沒有言語
連最起碼的符號也不給我
而你竟是這樣的細緻
高雅
純潔
只因你是一朵花
一朵默默的花

也許有一天我再遇見你
心中仍是沒有你
哦，那不怪
你從不給我消息
我們是隔絕的
你是默默的

1973.11.20. 十時　課室內 ＿＿＿＿＿＿＿

一

雲愁

也許天空真的有雲
但我從沒有見過
雲是白的
我看見的雲
是黑的

不是黑雲
也不是眼前煙霧
心中沒有白雲
也就沒有了

我從不輕信謠言
又不敢正視現實
默默的整天低頭
我怎麼知道雲是存在的

也許天空真的有雲
但我從沒見過

也不願去尋求
沒有雲的日子
和有雲的日子
我不願看到這對比

1973.12.5 ＿＿＿＿＿＿＿

疏離

無目的在風雨中
看見風雨
聽到風雨
不知是哪個季節
也不管是何地何刻
時管風雨
心物一致
在無目的中尋求真我

我的國家
我的朋友
我的親人
都有靈魂
但在我眼中
卻像行屍走肉
他們都屬於我
我卻不屬於他們
我們互不了解

任何事物都美好
而且無窮無盡的美好
當它獨存
但當我接觸它
我感到醜惡
我感到虛假
我感到孤立
當我面對我的國家、朋友、親人

1973.12.13 _____

圓石

我活着
在這以前
我活着
在這以後
我死去
在搖籃和墳墓之間

我是一塊圓石
周圍的環境都不能使我滿意
我在他們之間生活
日復日

曾經我有尖銳的角
算是對外界一點反抗
他們侵蝕了我
也許我還是堅忍的
不久將化成粉末

隨風飄散
生活在一些屬於我的日子
尋找一個屬於我的天地

所以我說
我活着
在這以前
我活着
在這以後

1973.12.23 _____

一
誤

片段
昨日之去
留給我一個片段
作別天上一切雲彩

片刻
片刻的寧靜
對我，昨日是太殘酷
帶走一切雲彩

曾經認識你
描繪你
都在昨日
昨日既逝，你已不是你
你我不能否認事情的出現
成為我和另一個我之間的矛盾

空中樓閣
不是片刻
幻象的破滅
映着昨日的雲彩
一點微笑
將成永恆中的另一錯誤

1974.1.21 _____

一 短句

詩稿

一 光與影

(一)
當我們架上眼鏡片
自信可以更清楚這世界
卻不見兩眼間的橫樑
更忽略了自己

理智知道
他們需要一面鏡
這一面鏡
使他們忽略了鏡外
有人注視影子
但…

對事的態度
從來沒有人肯定
形與影的關係
更沒有人真正了解

1974.3.22 ＿＿＿＿＿＿

（二）

在柔和的樂聲中
我想着
從前和將來和現在
短暫美麗和永恆的醜惡
的關係

（三）
我只是一支柱
看着左右
為昨天嘆氣
為今天愁苦
為明天哀傷
有時我不是一支柱
　我
　沒有
　　我
　沒有
沒有我
　沒有
　　沒
　　？

1973.4.1 ＿＿＿＿＿＿＿

一　我總是無聊地

下午
迷茫中
青草地上
我躺在你裙邊
想着

假如美麗將更美麗
夏天將更夏天
我會告訴你
我的血是為你而流
我的眼為你而開

三月
無論你的問題是什麽
答案是
將半載
因為

因為
十月是個日子
十月
是昨天的十月
我能做什麼

我們不是為日子而活
只要你的微笑
你的頷首
一切日子為你放在明天

我總是無聊地
數着
昨天、今天、明天
昨天
有你我認識的影子
今天

明天
也許

我總是無聊地
希望
明天是一個明天
明天是一個日子
明天不再無聊地
數着
昨天、今天、明天

1974.4.8 ＿＿＿＿＿＿＿

142

一

為你唱的歌

左眼看見下午
右眼已是黃昏
眼前因此充滿火焰
燒去所有早晨和昏夜

春天正徐徐上升
不為我和你
春早耕牛叫着
蝴蝶在花間飛舞
因為
只有在這時
她才可幹這玩意

嫩芽正向大地展示她的綠
她也許知道
很快綠又過去了
你不要告訴別人

這是生的秘密
也希望你不要介意
春天，你只會看見冬梅

等到大地被飄下的花瓣蓋着
你將怦然想起昨日
不要哭喪着找我
此地的春天
本來是屬於你的

1974.5.16 _____

一
逐影

看見，自己的影子不斷上升
和地面有很遠的距離
才知道
自己已在雲端

我常過着些
沒有時間空間的日子
這些日子
任何時刻
在我
我在其中

也曾是無垂線的畫面
自己追逐彩虹
甘願變為彩虹
度過這日子

隨着波浪逐日
在浪中找到片片光片
光片
照耀着影子
使影子不再像影子地影子

沒有時間空間的日子
也沒有喜怒哀樂
又好像
滅音的雙簧管
在屋瓦上
代替了午夜的嘩號

1974.5.19

146

一 假面舞會

下雨天，不盡是茫然
它只是告訴你人生如何地無意義
靈感的飛躍
眼中閃耀着光輝

春暖花黃
沒有很多使人急促得喘不過氣來的景象
也不再從污水桶中舀出真我供人分享
畢竟那日子已過去已成過去的過去
不是風和日麗也不容易想起她
不再去那些文人聚集的地方
日子就無色又無色而無色地暗淡下去

又豈料
在此地一個假面舞會
露出真面孔的我

就好像行人路上被清道夫所忽略的一塊黃葉
從殘秋到初冬
鴻雁飛過
新春，是供另一些人欣賞的

1974.5.26 ＿＿＿＿＿＿

此地

而那雲彩飄下自無形
我與你將被邀請
觀看時光之瀑
你感到不忿嗎？
當理智一鎚鎚的擊向感情

夢境中的過去
夢境中的將來
都不是今天
誰知道
一次又一次的失落
在知性與無知覺中飄浮

我對我說
飛，你還有飛的本錢
也就是這時候
眼眶中淚水竟成冰於千度攝氏高溫，此地

1974.5.31 ＿＿＿＿＿＿

一 六月，無根的歌

雨天的天
總是那樣的綠
在這無數的綠間
我老去
再一次的老去
雨天總使人感到老了

詩人們愛歌頌愛，讚美愛
他們知道愛是什麼嗎
母親予子，情人予愛人的還不是自私？
誰了解真愛
真愛說不欲我們窺覷
造物生我，我生造物
誰能無私的獻己於世

無根的草原
迎着風，六月七月被逝水劃過

風中有我倆的情歌
有我子女的低喚
也有汝子女的默禱
何等思緒，灑在櫻草上
瓢在黏黏的風中
墮進一個童稚的夢裏

1974.6.3 ＿＿＿＿＿，＿＿＿

16歳之後

籌辦青年文學獎
推廣文學

停留

就這麼一瞥
過後幾乎忘得一乾二淨
只知道你身穿鮮紅羽衣
不知你是喜，是悲？
不必告訴我
不必喚醒我
即使我停留
停留在那種笑臉共訴或憂心
雖則我停留
我願意
停留

別告訴我
你已經忘了
也許你不會
誰知道

就這麼一瞥
十分之一秒的驚異、聯想、懷念
不容我捕捉、細味
就這樣匆匆
在生的路上
別讓我知道太多
即使我停留

1978.10.12 _____

156

無題

所謂永恆
長久不變
就是一些當我情緒低落時供我傾訴的東西
何曾有過
付出或失落

這路上
本來就沒有什麼
我們卻偏偏要抓緊什麼似的
這日子
很長很遠
望盡將來
彼岸
又是一大片不可知

曾經熙攘
為要找一道橋
橋盡處
又是另一片等待
不容回首

1979.2.28 _____

157

一　從深秋到初夏

巨獸挺拔於百萬大道前
每天吞吐無數鴨子
神魂顛倒
為那成績
為那高職

灰黑的面貌
從來不被風雨嚇到
士敏土牆內
有他與她
眼淚和汗水的痕跡
從週一到週末
從 0900 到 2145
眼底深處
盡是四百條公式和五千種理論的混合物

鞍山蒼蒼
吐露茫茫

每次回來又離去
在火車站旁
細數路軌下的圓石
把腦海中一切混沌抖下來

然而
四千種公式和五千種理論
都只屬於哪個季節
到了卅多度的日子
巨獸又變得懶洋洋
張着呵欠
讓鴨子在體內隨意坐臥
在這些零落的吞吐中
在這些戰後的頹垣裏
才有空思考
什麼叫做知識

1980.6.3 UL（中大大學圖書館）內 _____

靜夜

在這攝氏 15 度的晚上
我擁抱這夜
這冷冷靜靜的夜
這夜
我不喝醉
不高歌
不去回憶往事

我緊緊的抱着這夜
讓小號橫笛奏起美麗的樂章
我抱着這夜
共舞
向着長長的影
揮手
微笑

160

夜
願你緊緊抱住我
不要放開
不要讓我墮入回憶的深淵

1983.3.8 ＿＿＿＿＿＿＿

一 橫嶺山道上

在那山道旁
一個星期六的下午
六人背負着整天的疲累
朗聲高唱
將其他遊人遠遠拋離

天色漸暗
人聲已遠
山路蜿蜒
在混雜的談話中
忽然一把聲音響起

「孤單我不畏懼
歌唱是知心侶
琴弦伴我度日
平凡但卻踏實……」*

人群中
另有一把和聲
將曲調完成
然後是一陣死寂

之後
還有零落的其他歌聲
但兩人沒再開腔
仍沉湎於那份知音的惘然

*徐小鳳歌曲〈嘆息〉

1983.12.13　大埔橫嶺山道上 _____

163

一
路軌

深宵時分
獨坐窗前
看路軌上列車緩緩駛過
心隨列車北上
隨列車奔馳
也隨列車神馳

這路軌
一直向北延展
延至羅湖深圳
延至深圳廣州武漢鄭州北京
汽笛聲
曾經帶來興奮
也曾較上鬧鐘
為了在午夜三時
能探頭出車外
看那混濁的黃河水
儘管那只是個黑影

火車微弱的燈光映照江水
江水是個故夢
那是黃河
流了五千年的河

這路軌
曾經送我到北京站
到紫禁城長城
頂禮膜拜
為了完成一個心願
為了圓一個不完的夢……

1991.7.27 _____

獨坐在停車場的車廂內
等候還未下班的你
耳畔是收音機傳來的〈昨夜的渡輪上〉*
眼前是盧偉力未發表的詩集

詩集內有一首關於望夫石的詩
這天天眺望的不老傳說
也見證了我許多記憶中的故事
那年你在望夫石下一個屋苑與我初見
今天我們在望夫石下另一個屋苑共對
這許多歲月裏面
沉澱了幾許屬於我們的記憶、感覺

望夫石在這山頭佇立了無盡的歲月
石紋被風雨洗颮得一天比一天模糊
留下的印記卻一年比一年深刻

今夜，我在停車場內默默守候
儘管外面北風勁吹
卻有詩集和樂聲伴隨
心中竟泛起一絲暖意

* 初見面時一起聽的歌曲
2003.1.9 ＿＿＿＿＿＿＿

一 再訪大埔尾

凝望那倒塌的舊居
終於明白什麼叫歲月的磨蝕
當磚牆和鐵窗
加上灰土
混成一大片瓦礫
當昔日種種悲歡哭笑
都化成遙遠的記憶
眼前這一片
只是一處讓人嘲笑的廢墟

想不到柚樹和黃皮樹竟長得翠綠茂密
盛夏的暴雨把山巒洗滌乾淨
青石板小徑和溝渠都變得整潔
久違的訪客在人跡杳然的荒徑
會感到一點蒼涼

雨水一絲絲的由瓦片的簷篷滴下
洗刷那千年不變的灰白土牆

大學時代居住的古屋

果樹的香味和蟲鳴也許能喚回一些歲月痕跡
曾在這古樸簡陋的村屋
胸懷天下、意氣激揚
繚繞在空氣中的
除了檀香和古琴聲外
還有說不盡的理想、激情，和愛戀

然而
故園終須望斷
前事總化飛灰
所有的曲折奇情，愛憎怨恨
最後只成為白頭宮女的唏噓

2008.6.13 _____

BH門外

BH門外的紫藤又再綻放
是四月的溫暖
是季節的轉移
在這地方度過了三十五個年頭
春去秋來
有溫馨、也有惆悵
經過了懊怒和興奮
真個也無風雨也無晴？
獅子山下
歲月如流
思憶
或許會在離去之後

* BH即香港電台廣播大廈

2016.4.21 _____

BH門外的紫藤

一 附錄

一 渡（小小說）

清的帽遮蓋着眼，在那個下雨天的九月，身上沒有披上錦衣，那是僅能擋雨的尼龍外套，還看到破爛的痕跡⋯⋯慢慢地步過他熟悉的長巷。

叮噹！下雨天，老何的兒子還要和鐵砧搏鬥。巷裏沒有人認識他，他感到丁點的陌生，他掏出大餅，禿頭小子告訴他，大宅還在巷裏，巷裏的屋，拆的拆了；人，死的死了，不死的也搬了。他記得那是小卡最愛爬的牆，廣告遮蓋了小卡給他畫的畫像。兩步、三步，昨天的味道濃了——濃得使他窒息的——王家大宅。

王家大宅已沒有門，他步過落院，地上黃葉使他想起一句不知誰人的「門前掃雪尚無人」。如今，磨刀的也能隨便走進院子叫嚷，「閒人免進」牌的漆油已剝落了，他記得天井在落院後

174

面，「我倆曾經在此欺負小卡」，「我倆也曾嘗試把那星星數個清楚」，「而我倆也曾誓言等候」……

「芳嫂，這麼大雨，晾衣好難乾啊！」，「是啊！這年頭整天下雨，明天在家悶慌了！」芳嫂繼續洗她的衣服。

他步出落院，步出王家大宅。之後，眼前是空白的，穿過長巷，他找不到阿芳，二十年前的。他又戰勝自己地說：「我……早知……如此……」

1974.5.17

責任編輯：羅國洪
封面設計：胡　敏

書　　名：思・作
作　　者：鄭啟明
出　　版：匯智出版有限公司
　　　　　香港九龍尖沙咀赫德道 2A 首邦行 803 室
　　　　　電話：2390 0605　傳真：2142 3161
　　　　　網址：http://www.ip.com.hk
發　　行：聯合新零售 (香港) 有限公司
　　　　　香港新界荃灣德士古道 220 至 248 號荃灣工業中心 16 樓
　　　　　電話：2150 2100　傳真：2407 3062
印　　刷：陽光 (彩美) 印刷有限公司
版　　次：2023 年 1 月初版
國際書號：978-988-76156-6-8